# Na curva do S

Edu Carvalho

# Na curva do S

Histórias da Rocinha

todavia

# Joelho

"Tio?", e eu olhei.

Na minha frente, surgiu com os olhos de sono e eu acabei vidrado por alguns segundos.

Devia ter entre sete e oito anos a figurinha que, ao me chamar pelo cargo que mais gosto, me fez parar o café da manhã. Eram cinco da matina, bem ali no Super Sucos, entrada da favela. Eu, com a fome de quem parecia ter ido à guerra, mas que apenas estava chegando no morro depois de oito horas de labuta, devorava esfomeado uma porção de pão de queijo junto com chocolate quente, ou melhor, um Nescau.

"Diga", disse eu já sabendo o que ele poderia pedir. Na cabeça, pensei: "Não tem como não dar nada, mas se ele pedir dinheiro vai ser complicado".

Tenho andado cada vez mais zerado, sem trocado no bolso. O café? Pago com o vale-refeição da empresa. O único dinheiro que ando, e que é colocado por minha mãe religiosamente no bolso do terno, são quatro reais, que uso para subir de moto. Enquanto eu pensava se estava no terno mesmo o dinheiro, a resposta que ouvi foi mais rápida.

"Eu só queria um salgado", disse o menino.

Ufa. Vou poder ajudar. Levantei. "Pode escolher o que você quiser", encaminhando-o pro balcão enquanto as atendentes me olhavam atentas e desconfiadas.

Por ali, muitos são os pedintes que passam e aquele não era diferente. Ou melhor: era diferente. Era uma criança.

Tio de três, meu coração fica em frangalhos quando vejo criança com fome.

"Eu vou querer... deixa eu ver... é... só um joelho." Achei pouco.

"Coloca quatro e mais um guaravita", pedi.

"Eu vou levar pra minha mãe e meus irmãos."

Gelei.

Quase perguntei: "Esse primeiro joelho que eu ia te dar era pra quem?", mas não quis cruzar a barreira da desconfiança. Há muitas pessoas que se utilizam de crianças, seja na favela ou em qualquer lugar, para pedir dinheiro ou qualquer outro tipo de coisa. E nesse caso, estava-se pedindo comida. Vergonha? Talvez. Mas há uma grande quantidade de pessoas que chegam a ser cruéis com esses pequenos, muitas vezes seus próprios filhos, não dividindo as refeições e lanches e os penalizando quando não conseguem algo.

Salgados no saco e guaravita na mão ele me agradeceu, deu as costas e saiu.

Fechei a conta em pé mesmo, pegando num estalo a mochila com os equipamentos e o meu tripé, que tanto medo me traz todas as manhãs quando chego no morro. O tripé está dentro de uma proteção, e quando apoiado no ombro, chega a dar a impressão de que é um fuzil. Sempre tento tomar cuidado por onde vou passar e se não é muito escuro, afinal de contas não posso lidar com a subjetividade do outro e a da polícia, que sempre confunde objetos com armas. Já tivemos casos de furadeira, guarda-chuva, até uma esquadria! É melhor prevenir sempre do que remediar, certo?

Ultimamente, logo quando chego, pego uma moto e é aqui que os quatro reais fazem sentido, tá lembrado? Assim, ao subir pelas ruas da comunidade que ainda está acordando, estou de certa forma iluminado. A luz disparada pelo farol da moto reflete no colete dos mototáxis, que é neon. Com eles, posso estar cinquenta porcento a salvo.

Fui em direção ao primeiro ponto de moto, que fica bem ao lado do Super Sucos, quando enfiei a mão no bolso. Vazio.

Ainda pensei em dar o dinheiro ao menino, e veja só o que me aconteceu? Eu não teria conseguido ajudar se o pedido dele fosse realmente algum trocado.

"Hoje não vai rolar não, amigão", acenei ao Robertinho, um dos motoristas que sempre acabo cruzando e que me leva para casa.

Pelo menos seria uma caminhadinha boa já no início da manhã, quando acabei cruzando uma outra rota. Franzi a testa e espremi os olhinhos, para tentar ver melhor. Lá na frente da rua estava o menino, seguindo, com o saco na mão.

Olhei pra tela do celular.

5h35.

Apertei o passo tentando acompanhar o garoto, na intenção de saber realmente se a comida chegaria ou se eu havia caído no conto do vigário.

Fui dando um espaço maior para que ele não percebesse que eu estava ali.

Começamos, eu e ele, a adentrar becos escuros por causa da hora, e com muitas curvas, o que tornou mais fácil pra mim a dinâmica de Sherlock Holmes in Rocinha.

Era esse o norte da parada.

Pelo caminho, emaranhados de fios por cima, por conta de tantas gambiarras nos postes de luz para se ter pelo menos um tico de iluminação nas casas. Mesmo em 2020, nem todos aqui têm acesso e dinheiro para cobrar, cada um, uma caixa de luz que seja sua. E quando têm, a burocracia não permite. Explico: há certo tempo, a operadora deixou de vir na Rocinha para tratar dessa questão. O motivo? Muitas vezes a desculpa de que o local apresenta "periculosidade". São faltas que se estendem à entrega das cartas, já que os Correios se recusam a subir o morro, e uma própria iniciativa para a comunidade foi criada, a fim de resolver esse problema. Uber? Só se deixar na Passarela, lá embaixo, que muitos consideram como São Conrado. Uma outra ideia também foi pensada para sanar a falta de opção para quem deseja descer ou subir o morro de carro: o próprio Uber da Rocinha. Há também as opções de subir de ônibus e van.

No chão, canos espalhados que fazem a ligação da água às casas.

Minha saga em busca do garoto continuava em meio a tudo isso, mas algo começou a bater de maneira tensa. Estava começando a pegar os atalhos do Valão, região da parte baixa da favela, direto para a Macega/Morro da Alegria. Eu sei o que representa essa parte desse meu mundo: a área mais pobre. No meio de tantas desigualdades, a coisa pode se intensificar e piorar ainda mais.

Há hoje em grande parte das favelas uma situação de pobreza que é latente. Mas ela escolhe em qual rua, beco, viela vai ficar. Te explico: a Estrada da Gávea, nossa principal via de tráfego por dentro e que liga São Conrado (passando por dentro da Rocinha) à Gávea, está bem servida. Pontos de ônibus e vans, mercados, farmácias e todos os tipos de serviços. O bagulho fica doido mesmo quando você começa a enxergar as veias dos locais, descendo ou subindo as escadarias que cortam toda a favela. Quanto mais distante da principal, menos possibilidades as pessoas encontram.

Sem acesso, passam a ser esquecidas pelos outros moradores. É nesse cenário que a tristeza ganha outras proporções e que a desigualdade se acirra. Sobretudo num momento de pandemia. De quantos joelhos ele estaria realmente precisando? Será que tem escova de dentes?

Eu só estava seguindo o fluxo, com sono e já não recordando como voltaria para alguma rua que me desse noção de onde eu estava. Mesmo morando aqui desde criança, tem sempre algum lugar ainda desconhecido.

Você pode até morar na favela, mas não se conhece exatamente ela por inteiro. Pra isso, só se fosse o Zoio, conhecido pedinte da Rocinha, ou o vendedor de sonhos, que grita a plenos pulmões pelos becos a difícil pergunta: "Quem quer sonhar, quem quer sonhar?". Sonhar... até pra isso é preciso estar de barriga cheia.

Acabo recordando dessas duas figuras pois só eles devem ter quilômetros infinitos de chão percorridos pela Rocinha. Esses devem, sim, conhecer exatamente cada lugar, cada fresta, cada morador, ainda que todos possam se esbarrar no 539 ou 538, linhas de ônibus que vão para a zona sul e que passam pela favela, ou mesmo na tradicional feira de domingo que acontece no Largo do Boiadeiro, que fica na parte mais baixa da comunidade.

E dá-lhe mais vielas desconhecidas, até que passei pela primeira boca. "Valeu, pastor", escutei de um. Pudera: estava de terno e gravata, trajes ainda do trabalho.

Não iria negar a saudação, e retribui com um "amém".

Ele continua subindo mais e mais, comigo em sua cola.

Becos estreitos, escadas íngremes, quando de repente escorrego na descida, quase tropeçando no bico do cano. Do fuzil. Segunda boca, montada em pé. Peço desculpas, me aprumo. O danado do tripé cai do ombro, enquanto perco de vista o menino descendo mais uma escada. Olho pra minha frente e me assusto com o que vejo. Estou quase no topo da favela, de onde enxergo agora o sol nascer bem de mansinho lá em São Conrado. As pernas cansadas me pedem socorro. Já não faço a mínima ideia de como voltar e sei que nessa volta posso encontrar mais coisas.

Está perigoso.

## Vai passar

Pra saber se são sete da noite eu nem vejo mais a tela do celular. Basta abrir a janela e ficar de olho no culto que rola no prédio da frente. Favela tem disso, aqui é muito colado, né? Tem vizinhos que são pastores. Na falta da ida pra igreja, eles tão fazendo várias lives. Pro tanto de igreja que tem aqui na favela, o que deve ter de live rolando não tá no gibi...
    E o vizinho aqui responde quem comenta, tá?
    Pra ter noção, ele até divide, por dia, o tema da transmissão.
    Já teve noite de rezar para que o auxílio emergencial da galera saísse, já teve dia em que o tema foi a saúde do presidente (pra que ele ficasse bem e que não tivesse contato com o coronavírus e tudo).
    Se eu fosse dono de TV, contratava. Ele até se sai bem falando com a galera, tem o dom. Mas cantando... Deus me livre! Os agudos fazem os vidros da janela tremer. Pensei que ele poderia se candidatar para aquelas batalhas de quebrar a taça com a voz, sabe qual é?
    O negócio ficou doido mesmo foi quando ele começou um ao vivo às seis da manhã de um sábado. Se fosse macumbeiro, nego reclamava e os caralho, mas já que era de igreja... Naquela hora abri os olhos e soltei um leve "putaquepariu" na cama.
    Era só rajada de glória com mix de aleluia. E eu, que tava começando a pegar no sono, recém-chegado do trabalho, não consegui mais pregar o olho. O que sobrou mesmo foi repousar no espírito com toda aquela fala.
    Na parte em que leu o evangelho foi que capotei. Confesso que já não aguentava mais.

Quando chegou de tarde, lá por umas quatro, tava ele, de novo, orando com os fiéis e dando linha no seu gogó. Eu tava de boa, deitadão, ouvindo as relíquias da live do Alexandre Pires, e o pastor gritava. A vontade de colocar "Meu jeito de ser, era você, era te amar, não era sofrer" no talo era alta.

Não fiz porque senão posso ser penalizado. Não quero ter de me resolver com o sete-peles por conta de picuinha com pastor e pastora não. É! Pastora! É que a varoa dele participa cantando.

Mas fazer o quê, né? Incomodar, incomoda. Mas garrei um apreço neles. São as minhas companhias diárias nesses tempos. São boa gente, eu boto fé.

Gosto dele, e até entendo toda sua devoção. Torcedor do Botafogo tem que saber falar com Deus pra continuar jogando.

Quem outro dia elogiou a voz dele foi minha mãe.

"Tô amando sua cantoria, pastor. É muita unção nesses louvores!", ela disse enquanto ele aquiescia.

Mal sabe ele que ela manda eu fechar devagarinho a cortina, e depois encostar a porta.

"Ele me inventa de cantar logo na hora da minha novela. Onde já se viu isso?"

Eu solto: "Mas é reprise, mãe! Fica firme e vai louvar". Ela logo se emputece.

"Bora Raphael, fecha a porta." E eu tenho que fechar, né?

Fiquei grilado outro dia foi com um papo estranho que escutei durante uma das apresentações. E não era nem por mim ou pela minha família, mas por quem via aquilo.

"Já descobriram a cura! É remédio de piolho", o pastor mandou.

"A irmã Ivonete recebeu isso e usou. Ela tava com febre, dor no corpo, até pediu oração pra gente durante a live", ele continuou, enquanto a mulher dele ficava dizendo: "Aleluia, aleluia".

Imagina só a quantidade de gente que pode ir na farmácia amanhã colocar Escabin goela abaixo só porque viu o carinha da igreja dizendo que a cura da Covid é mata-piolho? Fiquei de cara.

Mas entendo que não sejam só eles, e não é nem por conta de ser evangélico não, sabe?

Tá todo mundo querendo se agarrar em algo para que esse vírus saia logo do mundo. Mas daí usar remédio sem comprovação? Eu é que não sou maluco...

Já avisei aqui em casa que se acontecer algo comigo, não é pra usar nada.

Se bem que minha mãe andou fazendo uns sucos esquisitos quando tive meio baqueado, há umas semanas.

A Susana, amiga dela lá do 99, esbarrou com ela no Supermarket e minha mãe, aproveitando a ida ao mercado, tratou de fazer daquilo um encontro. Ficou lá por tanto tempo que deu pra rever todas as amigas, e foi aí que viu a Susana. Saiu abrindo a boca pra dizer que eu estava gripado, e a doida da Susana passou uma receita de suco de laranja com inhame e a doida aqui em casa resolveu fazer.

Tô lá eu tomando o suco e percebendo que estava mais grosso, quando ela me solta: "Susana disse que você vai melhorar. O Ezequiel, o marido dela, tá lembrado? Teve gripe que nem você e ela fez. Tem inhame, que dá for...", e eu quase joguei o suco da boca pra fora. "Essas coisas a gente avisa, não sai colocando na comida, mãe", retruquei.

Agora dia sim, dia não, quando ela faz suco de laranja, fico ali olhando pra ver se não pinta um inhame de novo, quem sabe uma batata-baroa. Essas receitas...

E o pastor? Tá começando outra live. Agora ele retomou o hino de onde parou outro dia:

"... você vai ter de volta o que você perdeu, só não se desespere pelo amor de Deus".

Eu digo amém?

# Abismos

O telefone toca. Do outro lado, a central avisa: "Oi, tudo bem? Você entra no ar em dez minutos, ok?".

O processo de reportagem na rua em tempos de pandemia é solitário. Passamos duas, três, quatro horas na rua cobrindo o dia. E com a possibilidade de a qualquer momento ser xingado por alguém que sinta que jornalismo é a coisa menos importante que existe neste momento. Preparo todos os objetos que fazem com que eu entre no ar com bastante calma, observando tudo. Se antes era tenso, diria que agora ficou ainda mais.

Fui seguindo toda a linha de trabalho de alguém que exerce, como eu, esse ofício. Testa som, luz, câmera. O famoso retorno, que nos dá o que está sendo transmitido em tempo real e que ajuda na hora de entrarmos "no ar".

Me dei por alinhado para fazer meu trabalho naquela tarde de domingo, quando um rapaz em situação de rua, já muito barbudo e com roupas rasgadas, veio falar comigo.

Não vou mentir: tive medo. Até mesmo o mais desprendido e sem preconceitos fica tenso com um momento como esse. Você não sabe o que pode acontecer, o que ele dirá.

Mas ao mesmo tempo que pensava no pior, meus olhos foram reconhecendo o corpo que se deslocava em minha direção. "Fala aê! Tá lembrado de mim?", ele mandou a letra.

Achei esquisito, mas as memórias trataram de trabalhar na rapidez de um foguete. Na hora pensei: "Não pode ser...". "Você não é o... Cristiano?!", tentei adivinhar. Se a resposta fosse sim, seria aquele moleque que cresceu comigo e há tempos não via.

Não deu outra. Ele consentiu com a cabeça e soltou: "Te vi do bar outro dia. Eu não tava sentado não, tava era passando e te reconheci na televisão de 'lonjão'. Realizou teu sonho, né?!". Confesso: estava preparado pra tudo, menos pra essa pergunta, que se tornou em razão de centésimos um dos maiores petardos que poderia receber.

Como bom taurino (aqui deixo o signo falar por mim), gosto de manter certo controle sobre as coisas. Calculo o tempo de cada palavra, frase e ação. Refaço-as na cabeça, de acordo com algumas possibilidades de respostas. Sou definido como um clássico "obsessivo". E não, não fui eu quem disse isso. Foi Madalena, professora de Cinema e Psicanálise, na faculdade onde, de certa forma, vejo o meu sonho. Lembro que em uma das aulas, ela precisara de um pilot para quadro branco. Dentre trinta e quatro alunos, o único estudante que tinha era eu. "Você dá aula? Usa para algo?", me colocou contra a parede. "Eu quero sempre estar preparado para as situações", respondi, com a arrogância etária que me cabe aos vinte e dois anos. Todos riram no mesmo instante e passei a entender melhor o motivo de sempre tentar prever ações diárias. Só que para esse reencontro com Cristiano eu não estava preparado, e aqui torno a ser réu confesso: não sabia o que fazer. Não tinha simplesmente nada na cachola.

Estava envolvido numa dinâmica que nem sequer havia imaginado.

Encontrei alguma força e num respiro de dez segundos soltei um "sim", ainda sem saber reagir. Poucas vezes me senti com a sensação de que o ar tinha faltado.

Estávamos parados, os dois, na praça Nossa Senhora da Paz. Com a rapidez de um foguete ou mesmo de um piloto de Fórmula 1, fui engolido pelas memórias da tenra idade. O ambiente já não era a conhecida praça do bairro da zona sul do Rio. O cenário era outro: estávamos nos becos do Valão, uma das localidades da Rocinha e que leva esse nome justamente por ter esgoto a céu aberto há anos. Quando chove, o rio de fezes e lixo transborda e impossibilita a passagem dos moradores. Mas em dia de sol, é campo certo de passagem para todas as gentes, sendo dominada, em sua maioria, pelas crianças em diversos horários. Lazer que vai desde o pingue-pongue improvisado com alguma porta jogada fora até mesmo bolas de gude na calçada quebrada ou que faltou cimento para construção. O que se dá até hoje, e não era diferente na época em que nós éramos apenas "Dudu e Cris", os moleques travessos que atazanavam a todos.

Com a exatidão e a desenvoltura que só os carros da Ferrari têm, deslizávamos por todos os becos sem que houvesse nenhum arranhão nos chapiscos das paredes. Batíamos nas portas, tocávamos as campainhas.

Entre zoações, horas em lan houses e apostas de corridas que nos livrariam de ser "a mulher do padre", tínhamos a certeza de que a vida era boa e que não precisávamos de mais nada. Talvez precisássemos, mas o pouco bastava e isso não era muito a discussão.

Lembro da quantidade de vezes em que suplicamos por um golzinho oficial, com trave e rede para que a bola não fugisse ou atrapalhasse quem caminhava pela rua. Ao mesmo tempo, trazíamos a solução feita ali mesmo, para que o jogo pudesse sair e transcorrer na mais perfeita ordem. Cada um dos envolvidos na partida tinha que dar um chinelo pra fazer a trave.

Recordando isso, olhei rapidamente para os pés do Cristiano. E não é que ele estava calçando um par como aqueles que usávamos anos atrás? Mas estava diferente. Só quem sabe das impossibilidades de se comprar um par de havaianas novo quando arrebenta entende o que pobre faz para não ficar desguarnecido: coloca prego atrás pra correia não escapulir. Quem nasce em favela vê o bonito na coisa mais comezinha, e aprende a tirar proveito de tudo.

Se tivesse chegado minutos antes, dividiria comigo o almoço daquele dia: um bom pacote de biscoito cream cracker com toques de gergelim, acompanhado de um quente (e rasgando) guaraviton sabor açaí.

No tempo que Dondon habitava entre nós e morava na Rocinha, as tardes tinham gosto de Convenção de limão, e muito bem gelado.

Todo o esforço da diversão valia a pena quando recebíamos nas mãos sujas o cachorro-quente embalado no saco que queimava.

Minha mãe era quem fazia, na barraca que por anos pôs o alimento na mesa e pagou as nossas contas.

"Manda um abraço pra tua mãe, já é?!", disse ele, me trazendo de volta. Apesar do tempo, continuava com a traquinagem do menino faceiro que tocava o terror quando queria.

Seu coração sempre foi grande. Me virou as costas e saiu flanando pelas ruas novamente. "Pode deixar. E você se cuide, viu?!", demonstrando preocupação.

Ele riu. Não deu tempo de perguntar mais nada. A vontade era de gritar e falar: "Ei! Me conta dos teus dias! Bora marcar um fut de responsa?".

Tive de calar os desejos de saber sobre o velho parceiro de vida.

Cada vez mais distante de meus olhos, fui fazendo uma prece.

Para que, num outro momento, e espero que aconteça, eu tenha uma sandália a tiracolo para presentear o amigo. E além disso, para que possamos nos sentar para fazer um lanche. E que ele, apesar de estar agora num grupo de vulnerabilidade, fique bem e que encontre abrigo.

"Edu, você tá aí? Entramos com você em um minuto", era a mensagem ouvida no fone.

# Ensaio sobre a quarentena

Eu queria ler. Sinto falta de um livro, um bom livro, de uma boa história. Passear pelas linhas, ver as letras, suas formas. Ver se a página é amarela ou branquinha, ver a imagem da capa. O último que li foi um chamado *Passos na água*, mas a memória não me deixa agora lembrar o autor. As vozes da televisão são ultimamente minhas únicas companheiras. E são elas também que me fazem ficar paranoico no meio disso tudo.

Tenho saudade de conversar, de diálogo. Conversar eu converso com a pá, com a vassoura, com a faca, mas elas não respondem. O Bonner, por exemplo, já cansou de escutar o meu boa-noite, mas não responde. E eu não tenho saco mais para a Teresa Cristina, a da novela das nove. Já a cantora eu adoro. Outro dia até deu pra ouvir a apresentação dela num canal, enquanto passava trocando. Queria ter rede social, como chamam, pra ver ela cantando nas lives. Gosto dela.

Mas esse problema que eu tenho me impede de fazer as coisas. Eu enxergo tudo, mas não defino nada. Se um conhecido passa na rua, tipo o Josias, filho da Fátima, uma ex-vizinha que morou aqui do lado, eu posso até saber. Conheço, vi o menino crescer e ele é o único ser que ainda continua tendo contato comigo, e que vem aqui em casa me visitar. Me tem como pai o menino, que hoje já é um homenzarrão. O Josias eu conheço, sei que ele anda reto na rua, que é grande, sei o biotipo, sem que ele precise falar.

Agora se são pessoas que não vejo há tempos, nem tchum.

"Falei com você e você não falou comigo" é a frase que mais escuto nos últimos anos, desde quando deixei de enxergar.

A primeira vez achei que não era nada. Em 2008, tava no trabalho. Desmaiei no chão parecendo um jequitibá caindo. Chamaram um carro, fui pro hospital.

"Foi só uma queda de pressão, ele é cozinheiro e não come", foi o que meu chefe disse.

O médico olhou pra minha cara e disse: "Se continuar assim, sua saúde pode ficar comprometida, Seu Aloísio". Deu vontade de virar e falar: "Jura?".

Voltei pro trabalho.

Só que três dias depois fui pro chão de novo. Não sabia de nada.

Fui sentindo a visão embaçada, fui ficando com dificuldade de digitar, catando milho na hora de fazer as compras pelo computador.

Uma colega, que nem trabalhava lá no restaurante comigo, falou: "Faz o seguinte, vai no médico, nem que seja uma consulta particular. Vai no clínico geral".

Fui naquela galeria metida a besta, ali no Largo das Flores. "Não temos boas notícias", foi o que escutei quando ele pegou os exames. "Tem algum familiar seu aqui para te acompanhar?". Respondi de bate e pronto: "Matei todos".

Nessa hora eu tenho raiva de médico. Se algum infeliz estivesse ali, ia melhorar meu problema? Que diabo de chatice essa de querer ficar cheio de dedos quando vai contar um diagnóstico não tão bom. "Seu Aloísio, é um momento delicado, o senhor não deveria estar brincando."

"Olha, doutor, vamos ao que interessa. Se minha família se preocupasse tanto comigo, algum deles estaria aqui. Então, como você está vendo, só temos eu e o senhor nessa sala. Manda logo o que tem aí, o que o senhor viu. É bom que se for algo relacionado à morte eu já resolvo mesmo ali no sinal..."

"O senhor correu ao médico na hora certa. O senhor está com diabetes nível 2, hipertensão, e se não estou enganado, tem ainda arritmia e pode ter glaucoma capilar."

"Tem o atestado de óbito aí não?"

Dali em diante as coisas começaram a mudar. Pra diabetes, passei a aplicar insulina. Todo o dia me furo. É divertido, não vou mentir. Dez mililitros certinhos, senão encurto a viagem na Terra. Pra hipertensão e arritmia, remédios controlados. É um saco. Isso sem falar na tireoide que ainda apareceu. Realmente não há nada que não possa piorar...

Ah! Tem sim. Com as doenças, fui ficando ainda mais só. Meu casamento com a Lúcia já não tava lá essas coisas antes, e a Nathalia tava ainda por crescer. Nossa relação era só de fachada pra criar nossa menina. Quando ela viu que eu dependeria ainda mais dela na velhice, foi me deixando, sem nenhuma preocupação e compromisso. E o que ia fazer? Tava ficando cego, ninguém quer gente assim na conta. Se eu ainda pudesse agarrá-la e não soltar mais... Não demorou muito e veio a separação. Ela atribuiu os motivos à minha estagnação e por eu ter sido dispensado do trabalho, ficando só em casa. Na hora de vermos com o que cada um ia ficar, ela não quis essa casa aqui da Rocinha. Ficou foi com a de Três Rios, onde nossa história começou. E eu fiquei aqui, só.

Vez em quando ela liga pro fixo aqui de casa, mas não sei o que acontece que sempre que liga a Nathalia não tá. Ou tá na escola, ou no curso, ou na casa da avó dela, mãe da Lúcia.

Fico pensando se Lúcia contou a ela sobre o meu estado. Mas tem horas que nem me importo se ela sabe a verdade. Um dia alguém pode contar, e ela mesma, maior, poderá escolher o lado da história.

Agora vê: o glaucoma, depois de três hospitais, eu só vim ter a confirmação mesmo no Instituto dos Cegos. O parecer foi que não podia operar. Uma médica, me explicando, disse que é como se eu tivesse um cabelinho atrás do olho impedindo que as cargas de energias cheguem na velocidade correta. Aí danou-se. "É a explicação mais ridícula que posso lhe dar agora, Seu Aloísio." Aí me tacaram o uso de óculos, mas só depois de dois anos que consegui juntar dinheiro e comprar um. Quando fui usar, já não adiantava mais.

Eu adorava subir a principal, descer a rua 2, passar pela boca, falar com os meninos, pegar o beco 11 e sair no Boiadeiro.

São saudades daquilo que já vivi e não posso mais. Ainda tem a circulação das pernas que não ajuda em nada. Pra ter noção, pra qualquer coisa que eu faça, seja subir a escada daqui do prédio quando me aventuro ou descer, tenho que parar umas dez vezes. Aí me tira todo o tesão de sair por aí.

Pra saber o que está rolando no morro, eu subo na laje. Até agora eu consigo subir meio no automático. A Rocinha que tenho na cabeça é uma, mas não consigo precisar ao certo. Vou me guiando pelos barulhos, as buzinas, os tiros. É a única imagem que a memória ainda não levou. De resto...

Pelo o que escutei sobre esse corona, tá morrendo gente demais aqui...

A Maria, por exemplo, vizinha de porta. Era medrosa que só! Tinha quase todos os problemas que eu, só não tava cega. Aí teve falta de ar, chamou os filhos. Mas antes? Ah, ela dizia: "Eu me cuido, não saio, tô quieta, tô com medo". Mas já tinha problema respiratório. Rapaz, não é que ela teve uma crise?

Os bombeiros vieram aqui, levaram ela, foram lá pra UPA. Entubaram ela, pode um negócio desse? Chegou na quarta, ligaram na sexta dizendo que ela tinha contraído Covid. Seis dias depois morreu.

Me deu pena. Poderia ser eu.

"Ela foi antes de mim", fui dormir outro dia pensando. Se eu pegar isso, tô ferrado. Já avisei ao Josias: "Se me encontrar passando mal, põe as quatro velas e deixa eu deitado aqui. Não me leva pra lá porque senão vou amaldiçoar todo mundo".

Eu não tenho medos. Na verdade, só há dois agora, e um deles é precisar de médico. Imagina numa emergência, o quanto de coisa que eu posso pegar, vulnerável como sou. Olha a merda!

Da morte? Da morte não tenho medo. Só curiosidade mesmo. Aliás, essa é a questão. Ninguém nunca morreu e voltou pra me contar como é do outro lado, infelizmente. É uma panaceia. Mas também não quero saber muito, não existe possibilidade.

Mas também não acredito que não exista um sentido, uma finalidade, sabe? Tem que ter alguma coisa pra fazer valer a pena a porra dessa vida indigna, rapaz. Ninguém nasce por nascer. Mas não tem a ver com o que se apega também não, tá?

Essa história de eleger alguém pra dar a mão e acreditar, isso não rola comigo. Onde o homem não chega, não põe a mão? O avião não vale, é uma máquina, condutora de possibilidades. No Sol, por exemplo, o homem não chega, então é nele que acredito. Na Lua o infeliz já chegou. Se não for o Sol, qualquer outra força que o homem possa tocar ou inventar, pra mim, é puro suco de groselha.

Ah, faltou dizer um outro medo que tenho. É o de cair no esquecimento...

Mas é o esquecimento de você para você. Quando você morre, você próprio não se ajuda. Apagam-se as memórias, tudo o que viveu. Mas as pessoas que viveram com você vão tê-lo nas recordações até morrer, e disso tenho certeza absoluta.

Minha dor é saber que não poderei levar, pro próximo plano, seja lá ele qual for, a imagem embaçada que tenho desse mundão que é a Rocinha, esse emaranhado de fio, tudo gato, mas que é bonito por demais.

Já lembranças minhas? Ah, isso eu ponho na conta do Josias. Rezo pra que não seja atingido por nenhuma bala e possa viver muito. Até ele ir, vou estar presente na memória dele como o habitual: a minha imagem, como ele sempre me encontra aqui, sentado de frente pra essa janela, observando tudo.

# O tomógrafo

"Tá tudo pronto, podemos ir", disse dona Angélica antes de descer com os filhos Joaquim e Fernanda pela rua 4 afora, região que fica entre a meiuca e a parte mais alta da favela. Não era só mais um domingo qualquer. Naquele dia em questão estavam indo buscar, dois meses depois, o velho e bom Seu Geraldo, nordestino de Cajazeiras que é morador da Rocinha há trinta e sete anos. "Quando me acheguei aqui tudo era brejo", ele tinha orgulho de dizer a quem pudesse.

Fazia de seu local de trabalho, um pequeno boxe no camelódromo que vendia coisas de R$ 1,99, uma espécie de ponto turístico.

Quando grupos que nem aqueles que visitam safáris passavam por ali antes de subir para conhecer a comunidade, ele logo puxava pelo braço o guia e falava: "Eu sou o mais velho daqui! Sou o presidente! Posso contar uma historinha, posso?", e já emendava, expondo os apuros da vida um tanto quanto sofrida.

O guia fazia uma expressão que também poderia ser lida como "Ok, você venceu". "É que a gente não tem muito tempo com eles, Seu Geraldo. E se eles ficarem muito tempo aqui, a gente atrasa o plano do passeio."

"Não se avexe, menino. É rapidinho..." Dava cinco minutos, dez, quinze, vinte e todos ainda estavam ali. É que o velho Geraldo ia emendando uma história na outra, explicando tim-tim por tim-tim sobre como chegou no Rio até os dias atuais.

A conversa ia sendo um exercício de relembrar para não esquecer. Ele contava sobre o início de tudo, ainda como mestre de obras na juventude, passando pelo momento onde resolveu trocar de serviço aos vinte e três anos e virar porteiro. Dizia ainda sobre quando fez cinquenta anos e viu a possibilidade de juntar dinheiro pra ter seu próprio negócio, ser seu chefe. Há quem se sentasse no chão para ouvir seus causos. No fim, os gringos, mesmo não entendendo muito o que ele dizia, mas recebendo a tradução do guia, iam agradecendo e tirando selfies com o "rei do camelódromo".

Seu Geraldo é caprichado. Alinhado com camisa xadrez presa até o quarto botão por conta da barriga protuberante, bermudão cargo e seu fiel chapéu-panamá — mas que foi comprado na feira de domingo do Largo do Boiadeiro —, dava expediente bem cedo.

"Não é porque posso mandar em mim mesmo que vou me autorizar a chegar atrasado. O cliente sente quando o comerciante leva a vida no arame." Não dava pra não "garrar" carinho.

Do ponto de casa até a Estrada da Gávea, onde tomariam um carro para ir ao hospital, foram avisando, vizinho a vizinho, sobre a boa-nova. "O velho vem aí!" Não se bastavam de alegria, e pudera: uma via-crúcis tinha sido enfrentada até o dia da saída ao hospital. É que Seu Geraldo estava com contrato recente no plano de saúde e, nas cláusulas, uma internação no plano só poderia ser feita com carência de cento e oitenta dias, o que a família ainda não tinha.

Dona Angélica, Joaquim e Fernanda tiveram de ir pessoalmente ao juiz, suplicar que ele liberasse. Explicando a situação, lembraram que o plano só havia sido firmado por insistência dos filhos após algumas brigas que renderam até saídas dos grupos de mensagens da família.

É que Seu Geraldo acreditava muito em não sofrer nenhum tipo de complicação de saúde. "Já passei por quase tudo que nem o Pagodinho, não é qualquer coisa que vai me derrubar", esbravejava. Mas tinha lá seus momentos de aperto, que o faziam pensar duas vezes na proposta dos filhos de um plano de saúde familiar. Foi que nem quando precisou operar uma pedra na vesícula que lhe custou quase uma pancreatite.

Para essa cirurgia, uma demora de dois anos e meio pelo Sisreg, sistema de atendimento e atenção na saúde pública do Rio. É como se fosse a famosa fila do SUS, só que online. É ela, a fila do Sisreg, que diz se você vai ou não ser atendido. Naquela situação, de dependência total e irrestrita do sistema público, Seu Geraldo tomou bode. "Essa porra não funciona nunca? É mais fácil me deixar morrer! É aí que vão lembrar de mim, né?" Mas logo se redimiu quando sua vez chegou e a operação veio. Louvava todas as semanas, quando ia no Centro de Assistência Rinaldo de Lamare, bem na entrada da favela, pegar seu remédio de tireoide e as fitas para medir a diabetes. "O que seria da gente sem o SUS, né minha filha?", comentava com a gerente da enfermagem, a querida Fran.

Era a única pessoa para quem Seu Geraldo confessava não aguentar mais as dores e os problemas de saúde. Apenas na presença de Fran é que o velho barrigudo assumia ter medo da morte.

Já aguardando o vizinho Walter, que os levaria para o hospital e os traria para a casa, poucas palavras. O clima de ansiedade envolvia os três, e teve um momento em que o assunto faltou. Para acabar com o silêncio, coube a Fernanda puxar alguma discussão. "Eu li na postagem do Fala Roça que hoje a prefeitura vai lá no camelódromo. Parece que querem construir uma coisa lá, mãe", disse a filha mais velha. Fernanda era a princesa do pai, mesmo com vinte e nove anos feitos. Dedicou a vida ao balé pago por ele, que apostou no querer da menina, que desde cedo dizia querer ser a Ana Botafogo.

A mãe ouviu a mensagem da filha, e não quis dar muita audiência. O dia ali era para notícias boas. Enquanto isso, Joaquim preocupava-se com a volta do pai. "Será que ele vai demorar muito a ficar bom, mainha?" Joaquim era a cópia cuspida e escarrada do velho Geraldo. Se tudo desse certo, Joaquim tomaria frente no comércio do pai.

"O que importa é que ele vai chegar. Vocês ficam atentando com coisas que não importam. Eu hein! Deem tempo ao tempo. Ó aí, Walter chegou", disse ela interrompendo os filhos.

Dona Angélica estava tensa, mas no dia a dia é um doce de pessoa. Não é todo mundo que tem a sua paciência, e ela via na volta de Geraldo o fim de suas angústias. Foram dias e noites com saudade do marido, único e verdadeiro amor. Durante a internação, para saber notícias do marido, Angélica se comunicava pelo zap do pessoal da enfermaria que cuidava dele. Passava horas rezando e acendendo vela, de hora em hora, para Nossa Senhora da Conceição, de quem é devota. "Ô minha mãezinha, fazei com que meu velho volte logo" era a frase inicial das preces diárias.

Todos acomodados no carro, aproveitou o silêncio para dar uma dura nos filhos.

"Olha só: vocês não me venham falar de coisa ruim não, hein?" Fernanda e Joaquim, que naquele momento estavam calados, resolveram continuar assim.

Chegaram no hospital minutos antes do combinado para ajudar na comemoração da saída. "Walter, arruma o porta-malas, meu filho? Vai ter que colocar as coisas do nosso velho e presentes", Angélica pediu. Seu Geraldo conquistou as enfermeiras que cuidaram dele durante o período enfermo, os guardas do andar etc. Avisada por mensagem, sabia que a equipe tinha se unido para comprar lembrancinhas para Geraldo, além de muitos balões, que já podiam ser vistos na portaria, aguardando o momento de sua passagem.

Arrumações feitas, foram adiantar os papéis que deveriam ser assinados na recepção. Temperaturas ok, se encaminharam para o quarto. O momento em que dona Angélica, Fernanda e Joaquim cruzaram com os olhos de Seu Geraldo comoveu as enfermeiras que terminavam de arrumá-lo. Tiveram de conter a emoção e a vontade de abraçá-lo, seguindo todos os cuidados de distanciamento. O carinho e o amor foram externados, naquele momento, nos olhos marejados da família mascarada.

"Tô vivo, mulher", foi a primeira frase que soltou, fazendo com que todos rissem. "Agora eu não quero pisar tão cedo num hospital. O pessoal foi legal, mas não há nada como nossa casa", completou. Até onde o carro estava estacionado, ele teria que ir na cadeira de rodas. "Me deixa caminhar, Joaquim me ajuda." Apoiando-se no filho, foi olhando para o quarto numa espécie de despedida.

Malas prontas, tomaram os corredores, onde profissionais de saúde, da segurança e da limpeza iam acenando e batendo palmas. "Mais um vencedor." "Dá-lhe, Seu Geraldo." "Vai chamar pra assistir jogo lá?" Era uma festa mesmo. Quando entrou no elevador, não conteve a emoção e a gratidão. "Se eu ganhar na mega, divido dinheiro com todo esse povo." "Pai, e a gente?", Fernanda quis fazer graça. "Vocês se viram!", respondeu.

As saudações continuaram no térreo, onde familiares de outros pacientes também foram se emocionando. "Esse rito se repete durante toda a pandemia", disse o médico responsável, falando com Joaquim sobre a batalha do lado dos pacientes. "Não é só o Seu Geraldo que vence, somos nós." Ele foi dizendo, calmamente, o que o pai poderia fazer em casa, e que tudo fosse seguido à risca. Entre salvas de palmas e gritos de "campeão", Seu Geraldo foi agradecendo com coração feito com a mão. "Doutor, não vou poder te abraçar agora, mas a Nanda pega seu contato, pra quando isso tudo passar, você ir almoçar lá em casa."

"Ah ê Seu Geraldo, ficou famosão no hospital! Vai dar autógrafo?", brincou o amigo Walter, abrindo as portas do carro. "Até de ti eu tô com saudades, meu amigo", foi dizendo enquanto entrava no Toyota. Todos aprumados, seguiram rumo à Rocinha.

Dentro do túnel Zuzu Angel, um trânsito incomum para um dia de domingo pandêmico.

"Ô Walter, você sabe o que aconteceu?", perguntou Joaquim.

"Deve ser algum carro que bateu. Esse povo não tá parando em casa não, Seu Geraldo."

O velho balançou a cabeça, tentando entender o que aconteceu no período internado.

"Mudou nada, homem. Tá tudo isso! O povo todinho da favela tá com máscara, é engraçado", completa dona Angélica.

Passam uns minutos e a coisa começa a andar, bem na altura da saída do túnel.

"Eita. O que é esse monte de escavadeira aqui na frente?", pergunta Fernanda.

"Será que... Não pode ser."

Walter toma a via da esquerda, já que deseja encurtar o caminho subindo pela via Ápia. Quando sentiu que ele se preparava para embicar na rua mais movimentada da favela, Seu Geraldo soltou: "Quero ver meu boxe! Pare no Super Sucos", lanchonete que é ponto de referência na entrada da comunidade. "Ele deve tá é doido, Walter! Siga", apressou Angélica.

"Não siga não, meu querido. Pode parar no Super Sucos, bem na Passarela. Eu tô com saudade do meu cantinho."

Joaquim e Fernanda se olham, consentindo que o desejo do pai, depois de acamado por sessenta dias, seja respeitado.

"Olha, então eu vou subir com o Walter...", resmungou Angélica.

"Não, você vem comigo, mulher. A família junta, revendo nossa preciosidade."

Ela se cala.

Walter encosta na lateral e estaciona. "Se vocês quiserem, posso esperar aqui enquanto vão lá." "Pode ser, então", diz Joaquim.

Família unida, começam a passos lentos, por conta de Seu Geraldo, em direção ao camelódromo, quando o velho vai reconhecendo nos rostos mascarados os amigos da região. "O que é que tá acontecendo, hein?", ele pergunta, parando um passante.

"Tão demolindo os boxes."

"Ai, meu Jesus", balbucia dona Angélica.

Geraldo faz esforço e aperta o passo, quando veem de longe a figura de Agripino, vendedor de equipamentos de celular e amigo da família, eufórico, com as mãos na cabeça. "É meu emprego! O que vão fazer comigo agora?"

Dona Angélica chamou Agripino de longe, mas ele não escutou.

"O bicho parece tá é surdo! Não vê, não olha pra lado nenhum, pai do céu", queixou-se.

Um guarda municipal que estava perto questionou se a família conhecia o ser que estava desesperado, avisando que, se ele não se acalmasse, ia ser penalizado.

"Ele já xingou alguns colegas durante essa operação", diz o guarda. "Eu mesmo, em outro lugar, já teria resolvido a situação."

"Avisa que estamos aqui no cantinho", diz o velho Geraldo. O guarda chama Agripino e, apontando, mostra que a família está ali no meio da multidão.

"SEU GERALDO!", ele gritou, enquanto as lágrimas corriam pelo rosto.

"Amigo Geraldo do céu, o que você está fazendo aqui? Você não tava internado, homem? Joaquim e Fernanda podem resolver isso aqui", diz ele, tentando conter o choro.

Fernanda puxa da bolsa uma garrafinha. "Agripino, o que tá acontecendo?", pergunta. "Explica calmo, senão a gente vai ficar mais preocupado. Joaquim, é melhor você levar o papai pro carro junto com a mamãe."

"Seu Geraldo, não é notícia boa, não vou falar com o senhor não. A prefeitura está derrubando os boxes pra fazer uma entrada alternativa pra igreja do prefeito."

"Aconteceu algo com a nossa lojinha?", indaga Angélica, que leva a mão ao peito como se fosse aliviar algum mau pressentimento.

Agripino fica por alguns segundos calado. "Desembucha, diacho", Geraldo solta, impaciente.

"É... é... sim. Com o do senhor, o meu, o da Gilda e de alguns outros, Seu Geraldo. É que agora tem um tomógrafo pra investigar os doentes, e a entrada da ambulância vai ser justamente pela Universal."

Seu Geraldo aperta com força as mãos de Angélica, como se estivesse perdendo equilíbrio nas pernas. "Acode aqui, acode aqui", grita Joaquim, procurando rápido uma cadeira para o pai sentar.

"Eu disse que não era pra vir, eu falei que era pra ir pra casa, agora é isso, ai, meu Deus!", diz Angélica.

"Eu tô nervoso, eu não tô passando muito bem, eu tô meio ton...", tenta falar Seu Geraldo.

O guarda municipal que ajudou a trazer Agripino até a família avista de longe a situação e chama uma ambulância, que estava dentro da Universal. Joaquim e Fernanda acabam passando no meio da confusão, pedindo urgência na ajuda.

"Abre espaço, abre espaço!", os dois diziam a quem estivesse na frente.

A ambulância se desloca pra fora e dela saltam médicos e enfermeiros. Todos queriam acudir Geraldo.

Com esforço, o acomodam sentado na maca e voltam para a igreja, onde uma espécie de sala de atendimento foi montada.

Geraldo e a família são cercados pelos médicos e por alguns pastores, que estão sem máscara no local.

Um dirigente espiritual mais afobado começa a falar mais alto do que o devido dentro da sala, exaltando a importância de o caminho estar aberto no meio dos boxes destruídos.

"Esse senhor está sendo ajudado por Deus, graças à obra divina que foi a abertura desse caminho aqui dentro da nossa igreja. Deus não falha! Deus sabe os planos que faz, ele não há de deixar nenhum filho seu sozinho", termina de falar o pastor. Com a Bíblia debaixo do braço, pergunta a Seu Geraldo o que ele, enquanto pastor, poderia fazer para aliviar o sofrimento dele

"Vá pra puta que o pariu, filho duma égua!", diz Seu Geraldo, antes de colocar no rosto uma máscara ligada a um aparelho de respiração.

O velho está com dificuldade para respirar. A família começa a ficar desesperada, atônita com a imagem que vê. "Ele vai ficar bem?", Fernanda questiona.

"Não dá pra gente saber agora, por favor, fiquem calmos e a gente vai fazer nosso trabalho", responde um dos médicos.

Geraldo aperta com força as mãos da fiel companheira, como quem precisasse ser salvo para continuar, mas a ação não adianta muito.

Os olhos do velho barrigudo vão fechando e abrindo, e os movimentos ficam mais lentos com o tempo. Procuram a veia para medicar Geraldo, mas o nervosismo tomou conta e furam errado.

"Presta atenção, menina! Você quer deixar ele morrer?", Angélica pergunta.

Ele olha pela última vez Angélica, Fernanda e Joaquim.

# 23

Enquanto Minneapolis, nos Estados Unidos, ardia em chamas numa onda de protestos contra a morte de George Floyd, homem negro de quarenta e seis anos brutalmente assassinado por quatro policiais brancos, fui buscar algo pra tentar entender o que estava acontecendo naquele momento. E não só naquele, mas em todo esse período. Fica difícil respirar.

Mal dessa quarentena, tenho dormido muito pouco.

Zumbi e depois de uma jornada de trabalho intensa, muitas vezes fico em estado de alerta, na espera pela notícia de que o tal do novo poderá começar. É sendo frenético tanto quanto a Rocinha que vou mostrando como sou e sendo como posso, como dizia o poeta Moraes Moreira.

Na tentativa de me acalmar, mergulhei de cabeça na busca por qualquer live que tranquilizasse a alma e me fizesse esquecer, ainda que por segundos, o rosto de George sendo amassado no chão e o joelho do algoz a lhe sufocar o pescoço.

A resposta veio em questão de um simples tuíte: Emicida. Apresentava-se como Leandro, seu nome de batismo, numa transmissão com a Tulipa Ruiz.

Nada é por acaso ou coincidência, você há de falar, classificando o feito como algo natural.

Dessa vez, fiquei por ali assistindo músicas tocadas por ele no piano. Digo dessa vez pois uma primeira live aconteceu no Dia das Mães, quando ele tocou por mais de oito horas seguidas. E sem notar.

Emicida tem se tornado para a minha geração e para pessoas que partem do mesmo lugar que eu uma espécie de guru.

É que nem o mestre Gil: tem o poder de sintetizar, através de suas canções, pensamentos e ações que demoram muito tempo para serem compreendidos por nós. Seu último disco é a sala de análise que todo jovem queria frequentar. Conseguiu, de uma tacada só, fazer com que o termo "saúde mental" fosse possível a nós. E por falar nisso: como tem sido difícil manter a saúde e o mental...

Digo por mim. Depois do início da pandemia, falta-me tempo para falar com a analista, e agora só por ligação. Me sinto privilegiado, pois tenho a quem socorrer. Tantos outros, vizinhos, vizinhas, amigos, que vivem nas favelas e estão ficando baqueados com tudo isso não podem ter o mesmo acesso. Digo acesso mesmo, pois é o que devemos discutir daqui pra frente. O termo oportunidade ficou gasto, e sinto que avançamos. O que falta mesmo é acesso. Do que adianta conseguir uma sessão de terapia se o garoto ou garota não consegue chegar ao lugar por falta de grana pra passagem ou por não ter, neste momento, uma boa conexão para conseguir falar por videoconferência? Falta acesso.

Mas isso é um papo que podemos fazer num café.

Voltando: por ser um de nós, toda sua trajetória atravessa a dor experimentada ao longo de séculos e que nos aprisiona numa avassaladora rota da morte. É genocídio. Ouvir Emicida no mesmo momento em que um estado norte-americano se revolta contra a brutalidade faz todo sentido. Foi em sua voz que um grito de alerta ecoou pelas redes sociais, subiu as montanhas e chegou ao universo. Talvez as montanhas e toda a vastidão do universo tenham escutado o clamor do cantor no programa no qual é debatedor. Já as pessoas, não.

"Se o Brasil tivesse respeito pelos seus cidadãos, era pra esse país tá pegando fogo." Era segunda, quase vinte e quatro horas depois da morte de Evaldo, homem, pai, músico e, sobretudo, negro. Alvejado por oitenta tiros dentro do carro junto com a família, a caminho de um almoço num chá de bebê. A fala fez com que seus colegas de apresentação ficassem desconfortáveis nas cadeiras, ao relembrar, necessariamente, que a barbárie mora ao lado. Para ser mais exato, a cada vinte e três minutos. E o que é feito por nós? O que você faz? Emicida soube captar isso, tanto que incluiu em letra. "Ismália" é a canção, que conta com a participação de Larissa Luz e Fernanda Montenegro com suas vozes e que também dá visibilidade a chacina de Costa Barros, onde cinco jovens foram brutalmente executados com cento e onze tiros. Cento e onze. Tiros.

No período da pandemia, só no Rio, foram mais de... é melhor eu nem precisar um número. Será injusto. Pois, infelizmente, até o final podem vir mais. Muito mais.

Sabe quantos morreram no Alemão dia 15 de maio? Doze. Três dias depois, no dia 18 de maio, João Pedro em São Gonçalo, de catorze anos (a idade do Ricardo, meu sobrinho). João foi morto dentro de casa enquanto brincava com os primos. Seu corpo desapareceu por horas, depois de os policiais o levarem para algum lugar, e só então descobrimos que estava no Instituto Médico Legal. A família custou a encontrar. E acha que parou? No mesmo dia, Iago César, em Acari, aquela favela que você já cantou num funk. No dia 20 de maio, João Vitor, na Cidade de Deus, e um dia depois, Rodrigo Cerqueira, no Morro da Providência. Fiz questão de trazer nome a nome, não por querer que este texto vire um obituário. Trago aqui pra que a gente não esqueça, assim como o mundo hoje não esquecerá George Floyd.

Falta entre nós quem escancare a insensibilidade contida no país, e que não é pouca. Ou melhor: não falta. Emicida é essa voz, que ao mesmo tempo que parece sacudir geral de uma vez só, apresenta o que pode ser o caminho das rotas para um projeto de país possível, que só se constrói no afeto. E ele cura.

Procure ouvir e saber.

Por falar em ouvir, o refrão de "Ismália" é:

*Quis tocar o céu, mas terminou no chão.*
*Ter pele escura é ser Ismália,*
*Ismália, Ismália*

Ismália e George Floyd. Mas poderia seu eu.

# Covídico

"Você está com sintomas muito sérios relacionados à Covid-19. Não vamos te internar, mas você terá de ficar em casa pelos próximos quinze dias."

A garganta secou, a febre baixou e logo a epiderme tornou-se tão fria quanto um congelador.

Qualquer coisa que eu dissesse à médica seria inútil. Era óbvio. Ela não iria deixar, em hipótese alguma, que naquele estado eu me apresentasse para o trabalho. Cheguei a cogitar um: "Mas é meu primeiro trabalho como jornalista em uma cobertura, doutora. Deixa, vai! Eu assumo todas as consequências".

Respirei fundo, tentando não pensar em nada e só prestar atenção nas recomendações que ela faria. Mas fui cortado por outras urgências.

Pensei inicialmente nas contas.

"Será que o talão da funerária tá pago?" "E o colégio da Luísa?" "E o plano de saúde da minha mãe?" "Já depositei o dinheiro do aluguel?"

De repente todos esses questionamentos começaram a silenciar.

"Caramba", foi o que saiu, quase que balbuciado.

A doutora tentou entender. "O que disse?"

Eu lembro de ter olhado no fundo dos seus olhos, bem no fundo, e tentando expressar o medo, sem falar nada, suspirei.

Os olhos começaram a coçar, irritados, querendo confessar lágrimas.

Por segundos pensei que fosse o incômodo da máscara, mas não era. Era pior.

"Eu não posso morrer de coronavírus. Eu não posso morrer agora. Eu não posso morrer disso."

Uma série de perguntas começou a vir na minha cabeça, alternando com apagões, grandes apagões.

"Doutora... Não... Não faz sentido eu ter aprendido todas as estratégias de sobrevivência que um jovem morador de favela como eu tem que ter na cabeça pra não morrer por bala e morrer com coronavírus. De que valeu passar ileso às balas durante confrontos quando criança? Ter ficado debaixo da cama ou ter ido pro banheiro, por ser o cômodo menos vulnerável da casa, foi tudo em vão?".

Ela se pôs a prescrever o que eu deveria fazer, baixando logo a cabeça, não querendo seguir com a conversa.

"Então quer dizer que eu segui a cartilha errada?"

Na minha cabeça aquilo era injusto.

"Doutora, eu não posso morrer disso. Olha que bizarro vai ser ver alguém comentar 'O Edu morreu de coronavírus, mesmo morando durante anos na favela'. Tá me entendendo, doutora? Sabe o quanto isso vai ser louco?"

Olho para as suas mãos, que não param de escrever. Ela firma a caneta no papel, escrevendo quase que aos murros. Mas a caneta parece querer sambar em sua mão. Sinto que ela está suando.

"Doutora, você me desculpe, mas não vou morrer de coronavírus. Eu preciso terminar a faculdade. Quando entrei lá, doutora, éramos dois negros dentro de uma sala de trinta e cinco alunos. A situação não melhorou totalmente, mas creio que minha permanência e minha existência naquele local possam servir de inspiração para outras pessoas. Sabe quantas vezes elas puderam se ver representadas? Chuta a quantidade de vezes que tiveram pessoas próximas, vizinhos, amigos, familiares, dentro de uma faculdade?"

As pernas da doutora fazem barulho ao encostar na mesa. Ela me olha rapidamente, tentando fugir, enquanto mexe no computador. Clica mais de duas vezes para as opções.

E eu continuo.

"Veja só: se eu morrer agora, será um negro a menos no meu trabalho. Veja: um-negro-a-menos. Você sabe a diferença que isso traz? Sabe quantos são? São seis no ar. Se acontecer algo comigo, ficamos com os dedos de uma única mão. Você vai me desculpar, mas duvido que se você morrer agora, terá só a quantidade de uma mão de brancos aqui no hospital. Eu duvido. Tá vendo como as coisas são?"

Papéis começam a ser cuspidos pela impressora. Devem ser mais pedidos de exames pra mim. Ela, a doutora, vira de costas para pegar, enquanto falo. Ela é alta, eu não tinha percebido quando entrei na sala. Estava meio grogue, por conta dos remédios fortes que tinha tomado na veia para a dor de cabeça baixar.

"Então... eu não posso morrer. E além do mais, prometi uma casa para a minha mãe. Pode ser na Rocinha mesmo ou em outro lugar, mas eu preciso cumprir essa promessa. Já pedi à Nossa Senhora de Aparecida, de quem sou devoto, e ela há de me ajudar. E é também ela que não me deixará morrer. Se você me ajudar, claro."

Ela vira bruscamente, com todos os papéis na mão, me encara pela primeira vez no meio do meu discurso e bufa.

Meus olhos ficaram arregalados. Não esperava essa reação.

Ela arrasta a cadeira no chão para incomodar.

Penso em me calar. Paro por cinco segundos.

Vejo em seu rosto um leve sentimento de conforto.

Uma quentura me sobe e...

"O que eu faço? Não tenho medo da morte, mas tenho medo de morrer. Olha, é um sentimento horrível, tá sendo uma sensação muito estranha, eu acho até que será melhor ficar aqui por esta noite, doutora. E se a falta de ar volta? Até sair da Rocinha e chegar aqui em Copacabana, eu já morri."

Vejo seus olhos indo de um lado pro outro, como quem está ouvindo e traçando estratégias para uma resposta. Não dou muito tempo, e num rompante, mesmo sem poder, puxo sua mão.

Ela tenta se desgarrar, eu afrouxo um pouco o aperto.

"Pelo amor de Deus, me deixa vivo. Por favor, me conceda essa oportunidade. Me ajuda."

Ela puxa as mãos daquele enlace. Pego as minhas e levo aos olhos, tentando aparar as lágrimas que começaram a correr, deixando um cadinho úmida a máscara.

Ela se afasta para trás, empilha os papéis na ordem, termina de assinar e se levanta de vez, rumo à porta.

Ela abre.

Me curvo para trás, olhando para o enfeite em cima da guarnição da porta.

É Nossa Senhora Aparecida.

Ela vê que avistei a santa, e olha rapidamente para a protetora. Isso dura milésimos. Ela se volta para mim:

"Sr. Eduardo, quinze dias em casa em isolamento. Sentindo qualquer outro sintoma, sobretudo se a falta de ar voltar, venha novamente ao hospital. O senhor já pode ir", e estende os braços para que eu possa pegar os papéis.

Engulo o choro, vejo se está tudo ok comigo, apalpando os bolsos, e me levanto calmamente em direção à porta.

Toco os papéis onde constam o que devo fazer dali em diante.

Paro à sua frente, miro seus olhos, que mais perto consigo ver que são castanho-claros.

"Ok, doutora", é o que dá pra dizer.

# Caveirão

Rapaz, eu quero voltar.

Eu quero voltar porque foi onde nasci, minha família toda mora lá. É que essa quarentena me deixou ainda com mais saudade, me deixou, como posso dizer, mais sensível. Olha que sou duro pra isso, mas o coração apertou e não teve jeito. Acordo e vou dormir sentindo muita falta...

Outro dia, falando com a Jaciana, a minha mulher, sabe, nós chegamos nessa decisão. O bom de tudo pra mim foi que ela sentiu o mesmo. Pra convencer Sofia, nossa filha, foi dois estalos. Pedi a ajuda da avó dela, e mainha gravou um vídeo, pedindo que ela entendesse e que a gente voltasse. "Cê volta pra estudar e passear, minha netinha." Não há quem resista aos encantos de mainha, dona Thelma, de oitenta e sete anos, mãe de dez filhos, avó de sete (três homens e quatro mulheres) e bisavó do Douglas. Sofia, de seis, acatou foi rápido o desejo da voinha. "Posso levar minhas bonecas, vó?", foi sua única questão e que logo foi resolvida com um sim escrito no zap.

Desde quando vim, há vinte anos, tinha saudade. Tinha vontade, como todo mundo que não mora aqui nesse Rio, de conhecer a praia. Era um sonho poder tocar na areia ali de Copacabana, Ipanema, que nem via nas novelas das oito. E é claro, encontrar algum artista por aí, né? Eu não posso negar: eu amo essa cidade, mas não moraria nela pra sempre. Eu? Viver o resto da minha vida aqui? Não, não quero. Quero poder ficar velho lá na minha Campina Grande, terra de chão quente, lá na Paraíba.

Se bem que aqui na Rocinha tu sente uma sensação de estar lá também. É que aqui só dá paraíba e cearense. Ô desgraça!

Onde tu vai, tu encontra um. Quem colocou o nome de Rocinha mesmo já sabia que isso aqui ia ser uma espécie de roça pra quem sai lá do Nordeste em busca de oportunidade aqui nessa cidade.

Outro lugar que tem muito nordestino é o Rio das Pedras, que fica lá na Barra da Tijuca. Lá é bom também, já curti muito lá no início, quando cheguei. Mas já naquela época era meio perigoso. Ainda não tinha essa coisa tão forte de milícia não, cara. Pra tu vê só, eu até pensei em alugar um lugarzinho pra mim lá e depois comprar. Só que o meu primeiro trabalho foi como limpador de prato num restaurante do Leblon, e o patrão disse que só contratava quem morasse na zona sul. Fiquei uma semana tentando uma quitinete nesses bairros aqui, rodando que nem peru, até que um colega de trabalho me falou "Vai na Rocinha", rapaz. Podia ser favela, mas era zona sul. Daí fiquei por aqui mesmo.

E chegando lá na Paraíba eu já tenho ideia do que fazer, veja só: tô com projeto de colocar um mercadinho, só que ainda é só um plano mesmo. É só pra sobreviver, sabe? Aqui na Rocinha não dá não, rapaz. A concorrência é demais, tem um mercadinho novo a cada dois passos que você dá. Mercado e igreja, né? E como ainda não sou pastor, mas tenho minha fezinha, vou investir no mercado que é o que sustenta. Daí iria me aposentar do Uber...

Lá eu não trabalharia de Uber, apesar que tem meus primos que fizeram uma cooperativa particular. Eu já trabalhei com o público na banca de jornal. É muito maneiro. Mas nos últimos anos, com tanta mudança, rapaz, eu virei foi Uber. É... tenho milhas de Rio pra dar e vender. O lugar que você imaginar, eu já fui.

A gente aqui pega todo tipo de gente. Gente boa, gente ruim, gente bolada. Eu vejo muito pela nota das pessoas. "Esse cara é gente fina", eu penso logo quando a nota é alta. Fico tranquilão aqui no ar. Agora quando é baixa... já vou me preparando, mas também não rejeito. "Tenho que mudar o pensamento dessa pessoa."

Vê só: tava rodando ontem, uma pessoa me chamou lá em Irajá. Nota baixíssima. Mas você nem imagina! A mulher foi tão simpática comigo que pensei que ela ia querer me levar pra casa. Sabe o que eu acho, cara? Às vezes a pessoa tá com problema, e os caras metem logo uma nota baixa. Aí ferra o cliente e deixa os motoristas tudo com medo!

Eu me dou superbem com todo mundo, comigo é tempo bom direto, faça chuva, sol, tempestade, raios e trovões.

Vamos agora, logo quando as coisas melhorarem, só pra pesquisar, ir mapear o local. Já tenho casa, meu aconchego. Fica em Ligeiro. É como se fosse a tijuca aqui do Rio. É um bairro de Campina, que tá crescendo, mas tá virando grande. Quando tiver maior, posso lançar o mercado.

Até minha filha quer ir embora. Fazia natação no Complexo Esportivo, lá embaixo, no pé da favela...

É. A gente vai deixar uma vida aqui.

Vamos começar do zero. Pelo menos vou ser feliz. Aqui também sou, mas lá é meu local. Não é que eu esteja infeliz aqui, só que vou ser mais feliz na minha terra. Vou ter mais liberdade. É muita insegurança...

Você poder sair e não ter hora, amigos para compartilhar. É muita falsidade viver em cidade grande, rapaz. Percebi isso dez anos depois que cheguei. Na realidade, é difícil ter amigo em cidade grande. Amigo mesmo, verdadeiro. Aqui é um querendo passar por cima do outro, passar pra trás, tem inveja. Em favela não. Até que o pessoal aqui se ajuda demais da conta. Posso dizer que aqui fiz irmãos.

O Claudemir, meu vizinho, por exemplo. Dividiu dores e alegrias comigo. Ô bicho bom, rapaz. É porteiro lá num prédio da Lagoa, trabalha que nem um condenado. Quando tá de folga, almoça, janta, faz tudo aqui em casa. É um cabra em quem confio. Pensei até em convidar ele pra ser padrinho da

Sofia, que ainda não batizou por questão de não ter feito catecismo ainda, mas agora também a gente já tá indo.

Ela adora ele. Ele dá presente, compra sorvete, dá bala. E põe Sofia pra correr quando vê ela no bequinho aqui com as crianças e já tá ficando tarde.

Agora a Jaciana tem muitas amigas. A Célia, que mora em cima. Outra pessoa boa! É diarista da gota, tá todo dia no trabalho. Virou quase uma cunhada, meia-irmã da Jaciana. A bichinha cortou um dobrado esses tempos aí. Ela tem um tumor sério, precisa fazer uma operação e já tá na fila há uns dois anos. No dia de sair o resultado da marcação pra internar, não é que a pandemia se instaurou, rapaz? Aí ligaram aqui pra casa. É. Ela não tem fixo, daí usa o nosso. Tinha que ver a cara dela, coitadinha. Falaram que as cirurgias de outros problemas não iam ser feitas nesses tempos. Eu até entendo, a prioridade é esse corona mesmo, mas pô, Celinha tá ficando cada vez mais baqueada.

Não tem ninguém a mulher. É sozinha aqui, no caso. Jaciana que fez sopa, deu na boca quando ela ficou de cama. A gente ajuda, né? É família.

E assim tem outros por aqui que vou sentindo saudades desde já... Daqui, só vou levar as histórias dos vizinhos. O bar de Seu Manéu Sapatão, lá na Vila Verde, onde tomei muitas das pingas com o Zeca, amigo que era de copo e ficou também irmão de vida. Rapaz, ali foi um dos lugares onde mais me diverti na vida.

Agora é começar a ir arrumando as coisas tudo...

A vida lá vai melhorar, tenho fé. Vou estar mais perto da natureza, que amo demais da gota. A natureza me faz bem, é muita paz. Tô com um pé até, lá na mala do carro. Peguei um cliente pela Uber, bem na Estrada da Gávea, e daí a gente conversando, pá. Tu sabia que chá de graviola, da folha mesmo, serve pra diabetes, açúcar no sangue, sal, colesterol? Era um senhorzinho me ensinando. Aí ele foi lá e me deu uma muda. Já tá lá na mala pra levar, prontinha. Só tenho que molhar até o dia, né? Cuidar direitinho... Ele disse que em um ano e meio já tem.

Lá no quintal de casa mesmo, a última vez que fui, fiz uma horta. Sou fanático. Tem pé de coco, goiaba, pé de mamão. Deixei um espaço, já prevendo que ia usar em algum dia. Aí agora já sei o que colocar, quero plantar banana, tomate, pimentão. Vou comer tudo o que eu plantar, sem ter agrotox, né? Sem veneno nenhum! E o mais fácil é que tudo o que você planta lá na minha terrinha, você colhe.

Já aqui não, aqui é difícil. E também não tem espaço, né? Nem tempo. E isso pesou também na decisão, rapaz. O cara não relaxa aqui na cidade grande não. É muita energia concentrada

Sabe o que eu tô doido pra fazer, por exemplo, na minha Paraíba? Aqui no Rio não pode, mas lá... A gente facheia. É, rapaz! Tu sai lá por umas onze, meia-noite, e pega aquelas esticadeiras, sabe? Tipo estilingue, que é pra matar essa rolinha de sítio e depois comer.

Eu vou mais pra zoar mesmo, me junto com meus amigos de infância. Eu não tenho coragem de matar não, mas eles têm. As bichinhas ficam tudo esturricadas quando caem. Eu vou só pra ficar enchendo o saco, só pra zoar, colocando medo, mexendo no mato pra assustar. É escuro demais, um breu danado! Me divirto muito. Além disso, aproveito o dia pra poder pescar lá no rio, hum... As serras desertas, passo o dia inteiro pescando. Você leva a assadeira, assa o peixe ali, é muito bom, véi. É outra vida...

Agora uma coisa que vou querer ter, e aqui não posso também por conta do espaço: um cachorro. Mas não é esses pequenos não, é aqueles bichão grande. Eu já tenho até o nome, pegue aí: vai se chamar Caveirão. Vou querer da raça rottweiler. E ele vai ser brabo! Ele tem aquela cabeça, tipo que nem o caveirão. Quando ele vem, é tudo brabo, além do tiroteio, né? Eu sei, não é tão legal o nome, é pesado. Fico lembrando de todas as vezes que não consegui rodar nos últimos tempos por conta da subida dele aqui na favela.

Põe medo o bichão. Minha família é que ficava assustada! Nos últimos tempos, com o zap, mandava o vídeo dos tiroteios. Uma pena não ter conseguido filmar o caveirão subindo, pra eles entenderem como é aqui. Mas também não é só tiro. Nego lá acha que entrou na favela, morreu. E não é isso, sabe? Pensa eu, aqui, vivi vinte anos, montei família, tive filha, e estamos vivos. Então não dá pra falar que é só morte, entende?

Mas voltando a falar do cachorro... Aí pensando, estudando que nome colocar, resolvi que vai ser esse. Já Sofia, minha filha, quer um salsicha.

Jaciana encucou comigo, dizendo que só quer o da Sofia e olhe lá. Mas é que ela não entende. Onde moro quero que ele proteja. Vou soltar no quintal, pra proteger mesmo. Vai que alguém quer assaltar? Daí ele já vai estar lá. E eu gosto de rottweiler. Fico vendo os vídeos de cachorro lá nos Estados Unidos, enquanto faço intervalo das corridas. Outro dia vi um rapaz, que senti pena. O policial deu um murrão no cachorro só porque ele foi defender o dono. Fiquei puto.

Mas tem isso, não quero pegar um cachorrinho pequeno. E se eu pegar, é lógico que eu não coloco "caveirão". Mas se eu pegar um rott ou pastor alemão, tô feito.

Se Deus quiser, o Caveirão vai cuidar da gente lá na Paraíba.

# Vaga-lumes

Outro dia falaram: "Você é do perigo". E talvez eu seja mesmo. Sou do perigo, mas não "o" perigo. Só sabe o que estou falando quem vive isso aqui freneticamente, correndo pra cima e pra baixo.

Não há no mundo nada parecido com o que acontece aqui na favela quando estamos rodando. Outro dia vi na televisão umas imagens lá da Índia, com aquilo que esqueci o nome, mas vou lembrar. É barato que nem o da gente aqui, e tem um monte. Eles andam do lado das vacas, aqui a gente já anda escapando de tiro. Se um acerta, já mata dois. Aí é prejuízo! Por isso na hora acelero até o último e já dou por encerrado o meu ganha-pão.

E que saudade de fazer essas correrias... Posso dizer que somos pessoas que trabalham com o público, fornecendo qualidade de sobra! E por três e cinquenta!

Onde já viu isso? Tem mais barato? Claro que não! E vou dizer: isso muito antes de Uber, ok?

Só que com esse troço no mundo a parada estancou.

É lógico que ficaria mais difícil ainda pra gente manter as viagens. A galera na favela tá pegando cada vez menos um de nós. Tem muita gente com medo de pegar coronavírus pelo nosso capacete.

Sei de um colega que estava espirrando antes de um passageiro chegar, por conta do perfume de uma novinha que tinha saído lá de cima, lá pro Largo das Flores. O cara viu o amigo e recusou subir. Resolveu pegar ônibus.

Aí fode, né?

E tem sido assim. Todo dia, mais de quarenta parados no ponto, empilhadinhos, olhando a vida passar, só que dessa vez parados. Meus amigos tão até desistindo de rodar pois sabem que não vão fazer o acumulado da semana, sendo que ainda tem que pagar os caras lá de cima.

São os caras mesmo.

Ainda tem isso: não há trégua. Mas eu entendo...

Eu tive medo de não conseguir colocar comida dentro de casa e até recusei trabalhar de colete.

Tenho feito só viagens VIP.

Me chama e eu tô na porta.

Quando algum cliente liga, eu já fico feliz. Se pudesse, servia ao público vestido de fraque e agora com máscara, né. Já imaginou? Ah, lembrei do nome dos carinhas da Índia. É tuque-tuque.

Voltando aqui ao assunto, eu só ia gostar de trabalhar bem-arrumado pra mostrar que mototáxi também é gente. Fora da favela, já passei por cada uma... Os branquelos tudo te olham com cara de nojo, como se fôssemos assaltar a galera e partir voado pelas ruas. A gente já anda desarrumado, com o colete, casaco, tudo pra se proteger, e ainda tem que aturar piadinha e olhar que discrimina.

Mas até nesse momento eu gosto da profissão. Tá achando que é um pudim de fácil fazer o que eu faço? Eu carrego vida! Olha a importância! De quem está mega-atrasadão e daquele que só quer chegar mais cedo ao local. É uma pressão do caralho, mas só assim. O melhor é conhecer essa galera. Tem a dona Lúcia, que vai lá no Humaitá fazer diária. Tem o seu Barros, senhorzinho de resposta que mora no Laboriaux e pega moto todo dia quando chega do trabalho. Ele é porteiro, troca várias ideias sobre os condomínios. E gosta de ler nas horas vagas. Outro dia ficou orgulhoso que uma família deu a ele um livro que fala sobre escravidão. Não é que o coroa leu tudo? Aí veio me indicar. Tá vendo? É disso que tô sentindo falta. É claro que fico ainda mais com saudade pelo dinheiro, mas tem um lado que é a convivência com as pessoas. E tô louco pra isso acabar e poder levar meus passageiros.

Louco pra ver a Curva do S pipocar com o trânsito. Aqui é mão inglesa, de cima pra baixo, de todos os lados brotam carros.

E tem gente que ainda fica assustada quando dá seis da tarde e chega a bater quase cem de nós ali, entre 539, caminhão de lixo, vans, ônibus escolares e os carros que ainda insistem em estacionar na via. Essa parte eu não tô com saudade não, isso pode deletar.

O Cadu, um dos clientes, disse que quando anoitece os mototáxi tudo vão ficando tipo vaga-lumes no meio da favela.

Eu curti a ideia. Saudade virar vaga-lume por aí e ficar nos corres.

Enquanto não acontece, vou ficando em casa mesmo. A mulher tem gostado, tô com meu filho e é aqui que vou ficar.

## Abre alas

desço do ônibus bem na passarela, entrada da favela.

entre o vaivém de pessoas, me permito dar alguns passos para trás e olhar aquele visual que impressiona. de longe, parece uma cadeira, ou uma grande onda que varrerá tudo que está abaixo.

cada casinha piscando, cada lugarzinho, é um canto. são histórias, pessoas.

me dá um ar de congraçamento.

não posso negar. que pareça bobo, ingênuo, mas tenho esse tipo de sensação todas as vezes que chego nesse que é meu porto seguro.

não sei como seria se não tivesse nascido e me criado aqui, se teria a mesma sensação e palpitação todas as vezes que vou subindo, mesmo que as pernas tremam, a cada escada, cada rampa, cada pontezinha que liga determinado lugar a outro.

algumas partes da própria rocinha me fazem ter esse tipo de estado de graça.

a curva do s, por exemplo. é só uma parte da estrada da gávea, em formato de "s".

é a minha times square. ali anunciam de tudo nas paredes — ou quase tudo. de jantar em restaurante com ótimos preços até serviço funerário. tem até painel de led, com propaganda vinte e quatro horas. é também um dos locais que provoca a cena que mais gosto na favela: engarrafamento. de segunda à sexta, quando em períodos normais e letivos nas escolas, a curva do s consegue ter, num mesmo momento, ônibus descendo, ônibus subindo, caminhão de coleta de lixo, de entrega de mercadoria, motos, vans, carros estacionados na via, gente atravessando etc. é o caos. é bom ver aquilo, faz bem.

está na lista das coisas que mais sinto falta nesse período da pandemia, e que sabe-se lá quando será possível. é claro que o frenesi continua, mas é diferente. não consigo explicar.

outro ponto que me faz sentir prazer é quando vou a um dos mais altos picos do morro, na região do laboriaux. de lá, dá pra se ver, numa tacada só, a parte da rocinha que fica para a gávea. sem precisar de binóculo, vejo jardim botânico, humaitá, toda a lagoa rodrigo de freitas, além da enseada de botafogo (só os prédios). vê-se também a orla da zona sul inteira, com leblon, ipanema, arpoador e copacabana. dá pra ver o morro do cantagalo, pavão-pavãozinho.

e mais distante, se achar pouco, toda parte de niterói virada pro rio/baía de guanabara.

é uma das coisas mais bonitas.

é ali, quando estou no laboriaux, que me certifico que estou no lugar certo.

é do lado que estou, na rocinha, que entendo a vida com a mais perfeita compreensão.

não sinto inveja de quem está abaixo (lado pra gávea); tampouco para o outro (são conrado).

esses bairros costumam olhar a rocinha de cima pra baixo, e quem mora nela também. impera o ar de superioridade e arrogância ainda preponderantes num brasil 2020 que reitera as desigualdades. e que viu uma crise sanitária sem precedentes acentuar isso de maneira ainda mais rápida.

no laboriaux, bem do alto, é que a dinâmica se inverte. desse meu everest, vejo como formiguinhas as áreas tidas como "mais nobres", e que ditam o que pode — ou não — acontecer na cidade através de suas canetadas.

não sei se seria feliz trocando de vida com a de quem mora lá embaixo. eles não sabem nem o nome dos vizinhos, não comentam a vida sentados na porta de casa, não ficam em pé na porta assistindo a vida passar, com diversos ambulantes vendendo seus badulaques. não são acordados pelo moço da tapioca, nem pelo rapaz que vende três ursos de pelúcia por cinquenta reais. e faltou dizer do entregador de gás, que sai gritando no beco "OLHA O GÁS, OLHA O GÁS", para achar a casa certa. tenho certeza que essa vida nenhum prédio desses locais tem. aposto o que for preciso.

eles também não conhecem o Seu Martins da cabeça branca, o Firmino do pé preto. dois homens que são quase orixás e que andam assim, normalmente, sem nenhum batedor, pelos becos e vielas. moram na rocinha há tempos, se importam com o que nela acontece, e apesar de todo o trabalho e empenho, não desistem, sem esmorecer jamais. construíram ações sociais, movimentos e lutas para todo o coletivo. toda vez que encontro um dos dois na rua eu tenho quase um treco, não vou mentir. o time de notáveis não para: tem a Maria Helena, a Maria Helena da rua 1, diretora do posto de saúde que atende a região mais alta do morro. Maria Helena fez mais para a saúde do que muito ministro do governo. tem o respeito de todos. sabe nome e sobrenome, data de nascimento e até, se duvidar, tipo sanguíneo de boa parte da favela. tem também a Rita Smith, a Ritinha, agente de saúde que ajudou a amenizar o problema da tuberculose na rocinha, que por anos figurou como um dos locais no país com maior incidência da doença. a cada encontro com Ritinha, é um sorriso 0800, uma história, um assistido por ela. Ritinha acumula, de dezembro a março, mais uma função: a de integrante assídua da acadêmicos da rocinha, nossa agremiação. sambando que ela recupera a energia para seguir seu trabalho junto com os colegas de vida. ainda tem Mauro dos Guaranys, arquiteto não morador, mas com título honorário de cidadão rocense, além de Fernando Ermiro, nosso historiador local.

pra não dizer que não falei das flores, eles também não conhecem a nova geração de mobilizadores territoriais. são o

Pedro Paiva, a Magda Gomes, Michelle Silva e a outra Michelly. e também a galera dos coletivos de comunicação, como o Fala Roça, o FavelaDaRocinha.com, TV Tagarela, precursores em comunicação periférica.

os que listei fazem parte de um número gigante de figuras locais que também podem ser encontradas no alemão, na cidade de deus, no jacarezinho, na baixada e também paraisópolis, capão redondo ou em qualquer outra favela e periferia do brasil.

são aqueles que chamo de intelectuais orgânicos, com bacharelado na ciência de uma vida baseada no território e na resistência. são deles, os intelectuais orgânicos, que nascem muitas pensatas nas quais os intelectuais acadêmicos investem e tomam para si.

durante a pandemia, foram seres como esses que citei e outros tantos que ajudaram os locais onde vivem, colocando até mesmo suas vidas em risco para fazer chegar a máscara, o frasco de álcool gel, a cesta básica e o mais importante de tudo: o afeto contido nas palavras e no olhar de quem se importa verdadeiramente (e diariamente) com o outro.

quando perguntam o motivo da minha esperança, são sobre eles que discorro. é da minha galera que falo, e da Daiene Mendes, do Raull Santiago, do Rene Silva, da Lúcia Cabral, da Renata, da Lidiane, da Eliana, do Cesar Gouveia em são paulo... se eu for citar todos, não haverá espaço.

são experiências e pessoas que os inocentes de qualquer bairro "nobre" nunca terão a chance de vivenciar.

mas do que eu estava falando mesmo?

ah, sobre meu estado de felicidade ao chegar na rocinha. de reverenciar quem pensa comigo o país através do local. de quando subir ou descer o morro nunca é estar literalmente sozinho.

é sobre a minha embaixada,
é sobre meu povo.
nos deixem passar.

# Novomundo

Na sala estamos assistindo televisão. Ela está no sofá, atenta a tudo o que acontece em *Totalmente Demais*. A novela acaba e ela vê a escalada do *Jornal Nacional*.

"Esse coronavírus é invisível, né tio?"

"É sim, Lu. Mas por que uma pergunta dessas agora, assim, do nada?"

"Nada não, só pra saber mesmo. É que minha vó tem que lavar tudo o que o Pedro do mototáxi traz pra casa. As frutas, as verduras, tudo. Aí a gente fica lavando as mãos sempre…"

"Sim, é a única saída, Lu. E não temos vacina ainda. Mas fica tranquila, as chances de você pegar são poucas. Você está em casa, eu e a sua avó estamos cuidando de você. Não precisa ter medo!", tento acalmar a criança, já pensando em levantar do sofá e ir buscar o que comer.

"Mas quando você teve, eu fiquei com medo, bem lá, no início da gripe…"

"Você teve o quê? Medo?"

"Ué? Eu senti medo porque não quero parar no hospital, né tio? Furar o braço, colocar aquela…"

"Aquela máscara de ar pra respirar, né?"

"Aham. Eu bem vi no jornal que tá em falta, tio."

"Pois é, Lu. Tá em falta."

(Esse é o momento que não alongo muito a explicação. Ela até já sabe o que é corrupção, mas daí explicar para uma criança de dez anos sobre uma operação que investiga governador e ex-líderes da pasta da saúde estadual de uma cidade, é demais, né?)

"Sabe? Eu tô com saudade da escola, tô com falta dos meus colegas. Queria brincar com as pessoas, ir pra casa da minha mãe, ver meus irmãos…"

Perdi a vontade de comer. Fui querer saber mais sobre até onde a conversa com o pequeno ser que crio iria chegar.

"Isso nós já conversamos. Agora veja só: me fala de uma saudade que você queria matar agora. Valendo 3, 2…"

"Ir pra praia nadar!"

"E você nada?", quis implicar.

"Sim! Nado, jogo areia… Quando vou com a minha mãe, eu faço tudo isso."

"E agora?"

"E agora o quê?"

"E agora o quê? Hoje eu não nado, tenho que ficar em casa…"

"Mas dá pra fingir que tá nadando no banho. Fecha os olhos quando estiver caindo a água, e pensa que tá no mar. Se você quiser, até posso encomendar uma bacia. Agora, sobre não ter criança em casa…"

"Tem você, mas não é criança. Só às vezes."

As notícias do jornal começam a se acumular, e trocamos de canal. Estamos vendo agora Rita Lobo, que também pode ser chamada de "a pessoa que todos queríamos ser" (até mesmo a pequena). Fazemos mesa-redonda sobre os utensílios que ela usa e a comida que queríamos que estivesse sendo feita aqui em casa, naquela hora.

Apesar de já estarmos com o programa favorito, Luísa insiste na conversa-desabafo sobre a pandemia e os novos costumes.

"É chato ter que usar máscara, mas fazer o quê? É chato pra respirar. A pessoa fica mais cansada, a máscara fica tampando o nariz. Eu fui subir com as sacolas aqui na escada pra ajudar minha vó, e fiquei ainda mais cansada. Antes já era difícil, agora…"

"E tem outro jeito? Tem saída? Eu te expliquei que é obrigatório pra quem entrar e sair desta casa, e vai ser assim até ter vacina. Enquanto isso, vai incomodar, vai encher o saco, mas..."

"Só usei duas vezes na rua, quando saí pra ir no hospital com a minha vó."

"E como foi na rua? Eu te falei que estavam usando..."

"Mas o moço do ônibus não tava não, né vó? Vó?"

Minha mãe responde: "Sim, Luísa, e eu falei que não era porque ele não estava usando que nós não íamos usar. Se alguém fizer algo errado, você vai? Então pronto", e foi se levantando em direção à cozinha, me deixando só ali, naquela espécie de interrogatório.

"Eu acho que tive corona, mas também não sei. É difícil, mas posso não ter apresentado sintomas. É assintomática que falam, né?", pergunta Luísa.

"Cê ficou com medo de alguma coisa nesse período?", quis saber. Eu tive Covid e me isolei dela e da avó dentro de casa, mas vai saber.

"Sim, tio. Fiquei com medo de você morrer. A pessoa pega uma doença que tem matado mais de cento e poucas pessoas..."

Olho ressabiado, meio na dúvida dos dados apresentados pelo consórcio Luísa Carvalho de Saúde. "Ela gravou até os números", penso. Ok, estão errados, e quiséramos nós que fossem só cento e poucas. Na verdade, queríamos que ninguém morresse.

"É, apareceu na TV. Não viu? Tem muitos casos... Quando você teve, minha vó ficou muito preocupada. Ela contou pra tia dela, contou pra Rosinha, pro Santos, Arlan... Sabia que ele é meu primo? Só conheci ele por videoconferência. É engraçado."

"Vocês já falaram sobre... Mas me fala: ainda que a gente já tenha conversado a respeito, se fosse contar pra alguém o que você está sentindo agora, o que você falaria? Pensa que isso aqui é uma entrevista, que nem você já me viu fazendo na televisão."

"Ah, eu ia contar que tô me sentindo triste. E olha que também não pude fazer festa no meu aniversário, chamar as pessoas e comer bolo, comemorar meu aniversário..."

"Mas a gente fez bolo aqui!", tento amenizar.

"Mas faltou gente, tio."

"Se eu pudesse mudar o mundo, eu queria mudar várias coisas. Se pudesse ser mágica, eu acabaria com essa Covid. Ela é chata, mata as pessoas que a gente ama, gosta... E também eu queria mudar as situações."

"Que situações?"

"Eu tô falando que se eu pudesse ser mágica, se eu pudesse fazer magia... resolveria o problema do mundo. Ajudaria todo mundo que precisasse de ajuda no mundo."

"Tipo...?"

"Ah, muitas coisas, tio. Eu ia querer acabar com a falta de respeito. Algumas pessoas são chatas... Acabaria com o preconceito, com bullying, com pessoas que ficam agredindo... Ia acabar com o preconceito contra os negros, que eu acho que é o maior, né? Eu vi no jornal. Quando você toca em um negro ou negra, não vai dar choque. Ia pedir pras pessoas pararem de ter esse preconceito."

"E o que ia fazer mais pelo mundo, hein minha mágica preferida?"

"Se eu fosse rica também ia acabar com a fome. Doaria um caminhão de comida. As pessoas não têm TV, não têm telefone, não têm cama... Se eu pudesse, daria tudo isso. Uma casa ou um apartamento, com tudo dentro. Ainda mais para as pessoas com crianças, que moram nas ruas e não têm onde ficar. Elas dormem no papelão ou no chão, com a coberta assim, cobrindo os pés. O chão é duro."

"E como você vai convencer o mundo a mudar?", é a cartada que dou.

"É... pra mim... eu não sei se as pessoas vão querer aceitar, mas eu gostaria que elas aceitassem. Porque melhorar isso é como se fosse melhorar cada vez mais as outras coisas, entendeu? De pouco em pouco, a gente ia aumentando isso. É isso o que mudaria."

Olho pra ela com prazer e carinho, abrindo os braços para abraçá-la.

"Tá na mesa", minha mãe grita.

"Depois eu abraço, vai logo ou sua avó nos come fritos", e ela vai se encaminhando para o banheiro lavar as mãos.

Na sala, só eu e a Rita na TV, terminando de empratar seu nhoque.

A mente vai processando a conversa.

"É, Lu. Eu não sei quando teremos chance de sair pelo mundo que vem aí pra tentar convencer as pessoas, mas você já pode ter certeza de que tem um fiel escudeiro ao teu lado."

# Domingo

decidi piar no vambora, de mansinho, quase pra não ser notado logo na chegada. não vou mentir não, pô: tava com medo, cu na mão mesmo. sei que essa porra gente jovem não pega fácil, e tenho saúde em dia. minha preocupação mesmo era com a coroa, que já tava toda escaldada com o bagulho de ficar saindo por aí. minha velha é velha, cheia dos problemas no coração.

eu não ia dar pra trás. já tinha desenrolado com os muleques que ia ficar pouco tempo.

antes de sair de casa, só ouvi um "dá pra voltar logo, Matheus? não tô com pressentimento bom, meu filho". "xá comigo mãe", respondi. às vezes quando mãe diz umas parada é que vai acontecer algo. fiquei noiado com aquilo na mente, mas não por muito tempo. tava tudo tranquilão no morro, as paradas tavam começando a voltar agora, o que poderia acontecer? levo em consideração muita coisa, mas tem hora que se eu for pensar em tudo que minha mãe diz, a parada vai ser tensa.

três meses sem ver meu bonde, sem tomar uma na boa com os fechamento. eu não preciso sair do morro pra curtir não, lek. fico aqui mesmo, na minha, podendo fazer tudo a pé. começo na cidade nova, meiuca da favela e às vezes vou parar lá no mirante, bem no altão. agora pergunta pra mim como cheguei de uma ponta a outra da comunidade? não vou saber te responder.

essa pandemia atacou o psicológico, tá ligado? a válvula de escape era sim dar uma saidinha, de leve, na boa, só pra sentir que tô vivo. e eu nem me lembrava a última vez que tinha saído de casa.

fui descendo os becos tudo ressabiado. e se algum conhecido me visse? o que eu ia responder? dane-se também. ninguém paga minhas contas, e a coroa tá sabendo do que vai rolar. se alguém vier cantar de galo, dou logo uma situada pra não perder a viagem.

bastou ser avistado na porta do bar que o Vini mandou rasgando na minha frente, embrazando todas quando me viu. "qual é cria, tudo certo? que bom que tu tirou a bunda do sofá e veio sarnear com a gente." aquilo tocou minha alma. era minha embaixada chamando pra viver de novo. daí foi só o tempo de olhar pro lado e ver Thay, Dudu, Jorge, Tiago e a Bia, que namoral, tava gostosa pra caralho.

antes da pandemia tava desenrolando com ela, mas pô, logo quando a gente ia sair, as coisas fecharam tudo. fiquei na fossa e só na mensagem. além de trabalhar com uma mão só, tá ligado? a quarentena virou carentena, irmão, não deu outra.

fui deixando ser levado pelo astral da galera.

"um podcast de 150 bpm, o bagulho tá o bicho. esquece! ninguém segura nóis aqui hoje", mandei pro cuzão do Kevin no grupo dos crias. enquanto gravava o áudio, a coroa bateu com ligação de vídeo. não atendi.

"suave. tô aqui. os mlks tão comigo e vão me levar em casa pra não chegar só."

"vê se não volta tarde, filho", ela digitou.

fico de cara como minha mãe consegue aprender essa coisa diferente de zap. é engraçado ver ela tentando mandar áudio. todo dia sai mandando mensagem de "bom dia" no grupo da família. agora pede pra ficar vendo figurinha.

mas isso não é o caso.

parei onde? na hora que mandei a mensagem pra minha mãe. bastou eu parar de digitar, enquanto FP do trem bala estremecia tudo nas caixas de som, que ainda na tela apareceu a mensagem da Bia. aí quebrei, né?

"onde você está? tô aqui atrás com a Giovana e a Julia..."

"posso chegar?", mandei só pra afirmar aquilo que já tava quase subentendido.

"deve."

dei de um gole só a dose de ousadia que tava no copo. chamei Vini no canto e falei "vou lá atrás, qualquer coisa tô no cel".

enquanto caminhava fazendo trenzinho com quem nem conhecia, Giovana e Julia vieram na minha direção. só escutei um "aproveita" e "tem alguém te esperando". aquilo soou como a nona de Beethoven misturada com as batidas do DJ Rennan da Penha.

ela tava no canto. "enfim juntos", soltei, despretensiosamente.

ela riu. "eu disse que quando passar a quarentena..."

"e não passou?"

ah wow. não fode. me chama pro fundo do espaço, tudo no escuro, pra ficar brincando com minha cara? o problema é que eu sou gamado nela, e ela sabe...

"descobriu a cura da covid?", ela tratou de me questionar.

"eu não, mas talvez a cura de outra coisa."

"o quê?"

"você."

não vou entrar em detalhes sobre o que aconteceu depois daquilo. só sei que fomos nos afastando cada vez mais da galera. não sei como, estava com ela no banheiro. era aquilo. era disso que tava precisando, e nada mais. era a minha novinha, os crias, bebida e funk. era o morrão voltando a ser morrão depois da covid.

enquanto ela sentava, relaxei. só parei quando o celular tocou.

"não vai atender? é minha sogrinha?"

"ela pode esperar mais um pouquinho."

e voltamos a fazer aquilo que importava. não consigo mensurar tempo, mas sei que o bagulho foi ficando frenético.

o celular tocou. era o Kevin.

"esse agora vai mandar o papo que não vem mais. vou nem ligar."

o Vini mandou mensagem.

"tá aí?", repetida quase que dez vezes.

o Vini é legal, mas quando bebe, gosta de zoar com a cara dos outros.

"a mim ele não vai zoar não, logo agora?", pensei. como são chatos os empata, né?

"espera, a Julia mandou mensagem", Bia disse.

pronto. agora a melhor amiga deve estar bêbada precisando de ajuda. é claro que entendo, bagulho de sororidade que falam, né? mulher ajuda mulher. só que justamente agora? é sempre comigo, namoral. lei de murphy. nada de novo sob o sol...

só que o barulho do som começou a baixar.

"o que será que tá acontecendo?", ela foi deixando de quicar.

saiu do meu colo, levantou a calcinha, já fui metendo a bermuda.

pá!

"que porra é essa?", eu confesso ter gritado.

"ah, não..."

"presta atenção: agora vamos brincar de mestre mandou. sai devagar, abre essa porra devagar e sai abaixada."

irmão. gelei. o que a gente tinha perdido enquanto estava ali? o que estava acontecendo?

mais alguns passos.

"vambora, Bia", a Giovana gritou a uns vinte passos, agachada e desesperada.

"cadê os muleques?", eu quis logo ir sabendo.

"cala boca", ganhei da minha novinha. e olha que fazia pouco tempo o início desse relacionamento, hein? acho que nem cinco horas...

uma saraivada de tiros começou a ser disparada da meiuca do largo do boiadeiro pra cima.

aí é o velho manual de sobrevivência. abaixa, levanta, corre, para, corre, para.

foi o tempo de pegar na mão das meninas e sair puxando pra fora.

quando olhei pra trás, tudo caído.

"sobe, caralho", gritei pra todo mundo, indo em direção à antiga pizza lit, que fica de quina na principal. o plano era contornar por fora e não pegar o largo do boiadeiro. tomando a estrada da gávea, já colocava as meninas na moto e também me mandava pra casa.

dei um cento e oitenta pra ver o que tinha atrás. a polícia já era possível de ver.

pernas pra que te quero, irmão.

"calma, vai ficar tudo bem", enquanto a gente descia do outro lado. mas na real, não tava tudo "tão bem". talvez eu tinha feito a conta errada. os filhos da puta já poderiam estar subindo pela estrada da gávea pra cercar quem eles queriam pegar, se fosse operação. apostei no escuro, colocando a mim e as meninas na linha de tiro.

"cadê os meninos, Julia", a Bia perguntou.

"e eu sei?" a Julia realmente era sempre muito atenta ao que acontecia.

"vambora de leve, na paz, continuar seguindo."

passamos pelo ressaka, que tava fechado, óbvio. único bar aberto era o vambora.

ricardo eletro, restaurante, até que mais uma saraivada de tiros. Giovana se assustou e caiu. não dá tempo pra isso agora, caralho.

as meninas buscaram abrigo na farmácia, enquanto eu tava ajudando a Giovana.

quando olhei pra frente, bingo, adivinha quem subia?

os polícia.

quase joguei Giovana na farmácia, já gritando "tá tudo tranquilo, tô ajudando elas, calma aê, parceiro". e dali da porta assistimos tudo.

na frente da farmácia, alguns carros se tornariam escudo. e não é que os policiais acabaram se agachando ali, já com o fuzil apontando pra cima? deu vontade de meter uma bicuda.

mas o medo tomou conta quando vi o Kevin com o Vinicius fazendo a curva com a moto.

"É MORADOR, É MORADOR, É MORADOR, É MORADOR", as meninas gritavam.

até que a cena mais louca que eu já vi se deu.

o Kevin, que tava dirigindo, ergueu as mãos do guidão da moto e o Vini também. e quase na rapidez de um gato, levantaram as camisas pra mostrar que não tinham arma.

o policial continuou com o fuzil apontado.

a moto rabiscando o asfalto durou uns quinze segundos, que mais pareciam cinquenta e oito mil horas. meu coração agoniou. eu não tava preparado pra perder meus amigos com tiro à queima-roupa.

até que Kevin baixou uma mão e tomou de novo a direção da moto, parando diante do carro da PM. que tava na frente das casas bahias, que fica quase do lado da farmácia.

"tira essas mina daqui senão vai levar", escutei de um FDP de farda.

"deixa a gente passar então, parceiro."

"sai da frente."

tomei pelo braço Julia, Bia e Giovana de novo, arrastando elas com toda a força. descemos descarrilhados. quando chegamos no largo das flores, porta de entrada pra subir pro morro, nenhuma moto. "vamo fazer hora na praia." e partimos.

o domingo já despontava por ali.

só vim olhar pra trás quando chegamos no hotel nacional, já em sanca, nosso quintal.

paramos só no posto 13, e ali ficamos. pulei na areia, tirei a camisa e deitei.

as meninas fizeram o mesmo.

"caralho, cadê meu celular?", pegando em cada parte da bermuda e não querendo acreditar que tinha perdido.

"minha coroa, cara!"

a sorte é que a Julia tava com o dela. "alô?", eu disse. e dona Fátima respondeu: "ONDE VOCÊ TÁ FILHO DA PUTA???". deu pra sentir ela ultrapassar o celular, namoral.

"calma, mãe. tô bem. tô na praia, com as meninas. perdi meu celular, não sei onde parou. eu vou ligar já já pra saber se podemos voltar, ok?"

"OLHA MATHEUS, VOCÊ QUER ME VER MORRER?"

"MÃE, A GENTE CONVERSA DEPOIS", e desliguei.

fechei o olho. quando abri, sol tava pelando. as meninas tavam na água.

"acorda filho da mãe", com o Kevin balançando minha perna.

"como chegou aqui?"

"a gente desceu de moto, os caras pararam, viram que não tinha nada e deixaram seguir. aí demos a volta e ficamos lá na frente do complexo, maior tempão. a Julia mandou mensagem antes do celular descarregar e viemos, pô."

ufa.

não terei de ir no enterro de ninguém.

"ô viado, quando eu te ligar, você me atende, porra. o tiroteio começou e você tava lá, galudão com a Bia. imagina se te acontece alguma coisa?"

pronto. não bastava minha mãe, o Vini ainda vinha me dar sermão.

"cala a boquinha, cala", soltei. só fiquei tranquilo quando falaram que os outros crias tinham conseguido correr e chegar a tempo nas suas casas.

"agora bora cair de barriga nesse mar, filhão. olha a praia! olha esse céu!"

"vou dar um mergulho, volto já", e saí rumo ao mar falando com Iemanjá.

fui olhando pros lados. sanca abarrotada. nem parecia que tinha tido tiroteio. o cara do camarão tava lá, o do queijo também. até o carinha que vende bronzeador blondor pras mulheres colorirem os pelinhos tava lá.

a barraca da mãe do Jorge, que vende uma bebidinha na areia, tava lá, além dos caras armando altinha mais pro lado, alguns acendendo um...

olhei ainda mais pra trás e vi as casinhas da favela, que dão pra ver de longe, queimando a vista de tantos raios.

tava ali.

tava tudo ali.

tava tudo pleno, solto na plataforma do ar.

tudo indo, pronto pra ser mais um dia de domingo.

# Sobre o autor

Edu Carvalho é jornalista e tem 22 anos. Participou de eventos como Onda Cidadã (no Cariri), Bienal do Livro do Rio de Janeiro, Flip e Flup, mostrando um pouco do seu trabalho ao retratar assuntos do dia a dia sobre o Rio de Janeiro e o Brasil. Vencedor do Prêmio Vladimir Herzog de 2019, fez parte da equipe de criação do programa *Conversa com Bial* e da série *Segunda Chamada*. Foi repórter da CNN Brasil.

© Edu Carvalho, 2020

Todos os direitos desta edição reservados à Todavia.

Grafia atualizada segundo o Acordo Ortográfico da Língua Portuguesa de 1990, que entrou em vigor no Brasil em 2009.

capa
Todavia
composição
Manu Vasconcelos
revisão
Jane Pessoa

2ª reimpressão, 2023

---

Dados Internacionais de Catalogação na Publicação (CIP)

---

Carvaho, Edu (1998-)
  Na curva do S : histórias da Rocinha / Edu Carvalho. — 1. ed. — São Paulo : Todavia, 2020.

  ISBN 978-65-5692-037-5

  1. Literatura brasileira. 2. Contos. I. Título.

CDD B869.93

---

Índice para catálogo sistemático:
1. Literatura brasileira : contos B869.93

Bruna Heller — Bibliotecária — CRB 10/2348

**todavia**
Rua Luís Anhaia, 44
05433.020 São Paulo SP
T. 55 11. 3094 0500
www.todavialivros.com.br

fonte
Register*
papel
Pólen natural 80 g/m²
impressão
Meta Brasil